LES

CIGARETTES

SONNETS EN L'AIR

PAR

AUGUSTE BALUFFE

AVIGNON

J. ROUMANILLE, LIBRAIRE-ÉDITEUR

19, St-Agricol, 19

—

M DCCC LXXIV

14718

LES

CIGARETTES

AVIGNON.—TYP. F. SEGUIN AINÉ, RUE BOUQUERIE, 13

Tous les exemplaires, au nombre de 15o,
sont numérotés.

N^o

LES

CIGARETTES

SONNETS EN L'AIR

PAR

AUGUSTE BALUFFE

AVIGNON

J. ROUMANILLE, LIBRAIRE-ÉDITEUR

19, St-Agricol, 19

—

M DCCC LXXIV

A mon oncle Victor C...,
hommage d'affectueuse gratitude.

A. B.

LES

CIGARETTES

———

I

MAISON DE CAMPAGNE

Sur le coteau jauni que dépouille l'automne,
Sur le coteau s'élève une blanche maison,
Une blanche maison d'où le regard s'étonne
Des mobiles aspects d'un changeant horizon.

La maison blanche n'a ni lierre qui festonne
Le mur, ni bois de pins verts en toute saison,
Ni bassins dont les jets font un bruit monotone,
Ni parc ombreux où l'art perpétue un gazon.

Sur le coteau jauni la maison blanche est seule,
Mais le bonheur l'habite. Entrez. Près de l'aïeule
Joue une blonde enfant dont la petite sœur

Écoute, en l'embrassant, sa mère qui lui cause ;
Le père a de les voir l'ineffable douceur....
A la blanche maison manque-t-il quelque chose ?

24 octobre 1868.

II

L'ÉTERNEL PRINTEMPS

Ver perenne.

Où donc est la feuille des bois ?
Où donc est la fleur des vallées ?
Savez-vous où, par les vents froids,
La feuille et la fleur sont allées ?

O bois aux discrètes allées,
O vallons, fleuris autrefois,
Où sont vos senteurs exhalées ?
De l'hiver tout subit les lois.

Mais lorsqu'ainsi dans la nature
Tout passe, fleurs, parfums, verdure,
Au souffle de l'âpre saison,

Le printemps en moi reste encore ;
Un doux regard le fit éclore : —
Mon âme est toute en floraison !

Décembre 1869.

III

COLLECTION PRIVÉE

Ut pictura poesis.

Son âme est une sombre et vaste galerie
Où, loin des importuns, il conserve en secret
Des amis, des parents, un vague et doux portrait :
A la place d'honneur est l'amante chérie.

Dans la veille des nuits, souvent la rêverie
(Tandis qu'aux chers absents il songe avec regret)
Du ciel verse en son âme un jour pur et discret,
Et son âme soudain prend des airs de féerie.

Dans ce musée intime où n'est jamais admis
Le public, son esprit complaisamment s'attarde ;
En visiteur charmé tour à tour il regarde

Et les traits des parents et les traits des amis ;
Et l'aube le surprend dans le fond de son âme
En extase devant l'image d'une femme !

Juin 1873.

IV

LE DOCTEUR B...

Comme il ne cherchait pas les honneurs et la gloire,
Il vécut simplement, et, son destin rempli,
Il s'endormit, un soir, trop modeste pour croire
Que rien de lui pourrait échapper à l'oubli.

Ce n'est pas sur la tombe, où dort l'enseveli,
Qu'un marbre en lettres d'or doit garder sa mémoire :
Dirait-il tout le bien dans sa vie accompli ?...
Ses bienfaits dans les cœurs ont écrit son histoire.

Il était de ceux-là qui laissent de leur main
Tomber le grain béni tout le long du chemin,
Sans regarder, sachant que les oiseaux y viennent.

Ces semeurs de l'aumône, ils passent ici-bas,
Sans que du bien qu'ils font eux-mêmes se souviennent:
Mais les pauvres et Dieu ne les oublîront pas !

1868.

V

POUR LES PAUVRES

PENDANT LA GUERRE

O femmes, apportez chacune votre offrande :
A l'appel du bienfait vous savez accourir.
Venez, femmes : il est des maux à secourir ;
Les pauvres sont sans pain, et je vous en demande.

Je vous le dis au nom de ceux qui vont mourir :
Plus d'une mère attend, et sans qu'on le lui rende,
Son fils, loin du foyer où la misère est grande,
Son fils, dont le travail ne peut plus la nourrir !

Eh bien ! vous qui savez, femmes, ce qui console
La misère qui souffre, apportez votre obole,
Et pour l'amour du pauvre et pour l'amour de Dieu.

Femmes riches, donnez et donnez à mains pleines !
Ils ont du prix vos dons qui vous coûteront peu :
L'argent de vos plaisirs guérira bien des peines !

Novembre 1870.

VI

FLEUR DES CHAMPS

Est-il assez gentil, ce bébé blond et rose !
Voyez, ce petit diable au moins n'a pas sommeil !
Pieds nus, bras nus, il rit et respire au soleil
Comme une fleur des champs parmi les blés éclose.

Un poëte croyant m'apprendre quelque chose,
Me disait : « Cet enfant est aux anges pareil,
» Lorsque le rayon d'or qui sur son front se pose,
» De ses beaux cheveux blonds fait un nimbe vermeil. »

J'ai répondu : « Tâchez, s'il vous plaît, de vous taire.
» Les anges ne sont pas créés pour cette terre :
» Ne leur comparons pas l'enfant que nous aimons.

» Sans en être jaloux, Dieu ne saurait l'entendre...
» Les mères, pour que Dieu n'aille pas les leur prendre,
» Disent que leurs enfants sont de petits démons. »

Juin 1873,

VII

CHANSONS

L'amour est artiste ;
Il s'installe au cœur,
Et rien ne résiste
A son doigt vainqueur.

Comme un organiste,
Il éveille en chœur
La voix gaie ou triste,
L'air grave ou moqueur.

L'amour dans mon âme
Célèbre la femme
Comme en un saint lieu

Où l'art idolâtre
D'un chant de théâtre
Fait un hymne à Dieu....

Avril 1870.

VIII

LA LECTURE

A travers ses rideaux, je l'aperçois qui veille :
Elle lit. Sur la table un coude est appuyé ;
Sa tête est dans sa main. La lumière vermeille
Éclaire son front blanc, vaguement ennuyé.

Dans l'ombre des cils noirs son doux regard noyé
Glisse sur les feuillets, et sa bouche est pareille,
— A la fois souriante et boudeuse à moitié, —
A la rose de mai que butine une abeille.

Le livre qu'elle tient est sans doute un roman :
Le héros en est-il passionné, charmant ?
Tant mieux ! ne croyez pas qu'en jaloux je me plaigne

D'un héros qui dira : *Je t'aime,* si pourtant,
En lisant ces deux mots, un instant elle daigne
Se rappeler encor que j'en ai dit autant !

Mai 1867.

IX

LE DEVOIR

A un poëte journaliste

Qui donc te pousse ainsi, poëte, âme sereine,
Qui te pousse à braver le peuple menaçant ?
De périls redoutés ton entreprise est pleine,
Et contre les pervers tu seras impuissant !

Qui te pousse à descendre, ô rêveur, dans l'arène
Que de plus fiers lutteurs ont teinte de leur sang ?
Le crime heureux triomphe, et plus d'un innocent
Meurt pour l'amour du peuple... et chargé de sa haine !

O poëte, reviens à ton rêve, à tes chants.
Heureux d'être oublié, dédaigne les méchants.
Va, la politique est une amère science !

Dans ce combat, funeste à tout homme de cœur,
Où tu n'as même pas l'espoir d'être vainqueur,
Poëte, qui te pousse ainsi ? — « Ma conscience ! »

3 mai 1871.

X

BIOGRAPHIE

Son histoire est bien simple : aller droit son chemin ;
Faire du travail saint le devoir de sa vie ;
Accomplir noblement la tâche poursuivie,
Et sans faillir jamais, aujourd'hui ni demain ;

Au-dessus des plaisirs où le monde convie,
Être austère, être pur, sans cesser d'être humain ;
Ouvrir à tout venant ou son cœur ou sa main ;
Par son mérite même échapper à l'envie ;

Ne point passer un jour sans faire un peu de bien ;
Être un grand honnête homme et ne se croire rien...
Puis, quand vient l'heure sombre où l'arrêt de Dieu penche

Dans le cercueil des morts sa belle tête blanche,
Par toute une cité faire dire tout haut :
— « Il a vécu cent ans, mais il est mort trop tôt ! » —

1868.

XI

REGRETS

O mes beaux rêves bleus, ô mes blondes chimères,
O songes dont j'étais si doucement bercé,
Pourquoi m'avez-vous fui ? pourquoi m'avoir laissé
Dans le cœur plein de vous ces tristesses amères ?

Je ne trouve que cendre où la flamme a passé.
Mon âme pleure, hélas ! ses amours éphémères,
— O regrets éternels ! — comme les jeunes mères
Pleurent sur le berceau de l'enfant trépassé !

Ainsi donc, vous mentiez, joie, extase, délire,
Vous mentiez à mon cœur, vous mentiez à ma lyre !
C'est donc vrai, ma jeunesse a cru trop à l'amour !..

Eh bien ! soyez-bénis, après tout ! Il me reste,
Comme à l'aveugle errant dont l'œil se ferme au jour,
L'immortel souvenir de la splendeur céleste !

18...

XII

LE BOIS

Vous m'êtes cher toujours, bois où j'ai tant erré,
Au temps déjà lointain de ma pâle jeunesse,
Bois où j'ai promené la précoce tristesse
D'un cœur lassé d'avoir vainement espéré !

A mon front qui penchait, à mon cœur ulcéré,
Vous avez prodigué l'apaisante caresse
De vos brises d'avril, et, sous votre ombre épaisse,
Mon esprit assombri se sentait éclairé.

Je vous disais alors les secrets de mon âme,
Et l'amour éternel qu'on a pour une femme,
Et le bonheur, hélas ! à jamais envolé ;

Et vous, vous me rendiez la paix du cœur ravie,
Et je vous aime, ô bois, confident de ma vie,
Comme on aime un ami qui nous a consolé !

Août 1871.

XIII

LES VENDANGES DE L'IDÉAL

Aux premières lueurs de l'aube qui blanchit,
Le poëte s'endort lassé des longues veilles ;
La Poésie alors de ses magiques treilles
Le couvre, en lui versant l'ombre qui rafraîchit.

La Muse, de sa main rose, au cep qui fléchit
Sous le poids radieux de ses grappes vermeilles,
Lui cueille un grain doré plus doux qu'un miel d'abeilles,
Dont le jus enivrant des peines l'affranchit.

Une goutte a suffi de la liqueur divine,
Et le front du dormeur d'extase s'illumine :
Les tourments de son cœur viennent de s'apaiser.

Et sa bouche, qu'effleure une vague caresse,
Sourit, et croit goûter, ô ravissante ivresse !
Le charme exquis et pur d'un céleste baiser !

1873.

XIV

DOUTE ET FOI

Le Doute et la Foi sont, dans plus d'une âme humaine,
Comme l'oiseau de nuit, comme l'oiseau de jour,
Qui voltigent au sein de mainte vieille tour,
Suivant que la lumière ou l'ombre les ramène.

Le hibou, la colombe, y règnent tour à tour.
L'oiseau noir dans la nuit jette son cri de haine,
L'oiseau blanc fait monter ses doux soupirs d'amour
Sous la voûte des cieux, rayonnante et sereine.

Dans notre âme le Doute et la Foi font leur nid,
Et Dieu les laisse faire. Un jour, quand c'est fini,
Dieu dépêche la Mort, son éternel ministre,

Pour voir où l'âme en est. Et la Mort lui répond,
Un nid dans chaque main, en oiseleur sinistre :
« Comptez, Seigneur, voilà les vertus qu'on vous pond ! »

Septembre 1872.

XV

MATER DOLOROSA

C'était le Jeudi-Saint, et la foule fidèle
Aux pieds du Christ en croix priait à deux genoux;
Une femme voilée, aux traits pâles et doux,
Etait agenouillée au fond d'une chapelle.

Elle était jeune encore, elle était encor belle ;
Elle pleurait quelqu'un, — peut-être son époux,
Peut-être son enfant. On passait auprès d'elle,
Mais nul ne lui disait : « Femme, consolez-vous ! »

Car nul ne peut calmer cette douleur amère
Dans le cœur de l'épouse ou le cœur de la mère ;
Essuyer de tels pleurs — personne ne l'osa...

— S'il n'est pas de remède à la douleur humaine,
Qui peut te consoler en ta divine peine,
Toi qui pleures un Dieu, MATER DOLOROSA ?

1868.

XVI

L'OUVRIÈRE ORPHELINE

Elle a vingt ans déjà. Simple, laborieuse
Et chaste, elle se plaît dans une vie à part ;
Recherchant du foyer l'ombre mystérieuse,
Elle semble du monde éviter le regard.

C'est pour elle un bonheur de rêver à l'écart :
Les vierges sans parents n'ont pas l'humeur rieuse,
Elle eut avant le temps ce que d'autres ont tard
Le cœur sensible avec la tête sérieuse.

Les épreuves n'ont pas flétri sa joue en fleur,
Mais parfois, sur ses traits une vague pâleur
Dit que la vierge enfin a senti qu'elle est femme.

Belle, rien ne l'a pu détourner du devoir ;
Pauvre, elle reste fille, — et nul ne peut savoir
Quel trésor de tendresse est au fond de cette âme !

Février 1871.

XVII

CENDRILLON

L'autre hiver, pauvre et sage ainsi que Cendrillon,
Auprès du pot-au-feu rêvait votre jeunesse,
Et n'ayant point d'amis pour bannir la tristesse,
Vous écoutiez chanter au foyer le grillon.

Maintenant la beauté vous fait une noblesse ;
—La mode vous a prise en son fol tourbillon ;
Les riches ont semé l'or dans votre sillon :
Vous étiez leur servante, — ils vous font leur maîtresse!

3

Voitures, diamants, tapis, soie et velours,
Tout vous est prodigué pour prix de vos amours.
Livrez-vous tout entière à l'heureux vent qui souffle !

Riez, chantez, dansez ! Je n'y vois pas de mal ;
Mais quand, après minuit, vous quitterez le bal,
Cendrillon, n'aurez-vous perdu qu'une pantoufle ?

                                        1866.

XVIII

DANSEUSE

Dans un flot blanc de mousseline,
Nous vîmes bondir tout à coup
La jeune et brune ballerine
Dansant peu, mais riant beaucoup.

Nous ne savons pas bien jusqu'où
La gaze voilait sa poitrine...
Pour sûr, elle avait, la mutine,
Un collier... de regards au cou.

Elle avait l'œil noir, la dent blanche,
Et, rosier vivant qui se penche,
Une rose rouge aux cheveux;

Et puis la lèvre, l'œil, le geste,
Tout disait, sans compter le reste : —
« On m'aimera trop — si je veux ! »

1869.

XIX

CAPRICE

Par un jour de décembre, alors qu'il fait bien froid,
Mais si froid qu'en sonnant au clocher, l'heure gêle,
Le soleil n'ose pas se lever, et l'on croit
Qu'il a mis à son disque un gilet de flanelle.

Alors la neige tombe, et tombe, et s'amoncelle
Sans cesse, blanchissant et la rue et le toit :
Tout est blanc, terre et ciel, blanc tout ce que l'on voit,
Et la boue elle-même est faite blanche et belle.

— De mon ciel à présent le soleil est chassé.
Il neige dans ma vie et mon cœur est glacé,
Et dans le froid mortel dont mon âme est saisie,

Mon esprit, qu'à ses lois soumet la Fantaisie,
Absout la courtisane, et veut sur son passé
Jeter un voile blanc de chaste poésie !

1867.

XX

EXPLICATION

Sur un sopha couchée, et belle d'indolence,
A peine elle entr'ouvrait ses grands yeux noirs et doux,
Et ne pensait à rien. — J'étais à ses genoux,
Pressant sa blanche main et gardant le silence.

Sa jeunesse semblait avoir tous les dégoûts,
L'oubli de tout souci berçait sa nonchalance ;
Son sang-froid m'irritait... Je l'aimais ! Je m'élance
Et l'embrasse en disant : « Mais enfin, qu'aimez-vous ? »

Elle me regarda sans relever la tête,
Puis, refermant les yeux, elle resta muette.
« — Mais enfin, qu'aimez-vous ? » repris-je... Elle sourit.

Tout mon corps s'agita d'un tremblement fébrile ;
Cette fois je croyais... Elle me répondit :
« Mon ami, j'aime bien... qu'on me laisse tranquille ! »

1866.

XXI

GAITÉS CHAMPÊTRES

Quand vient le printemps, l'horizon
Ote sa brumeuse voilette ;
Chaque arbre, faisant sa toilette,
Met l'habit vert de la saison.

Près du ruisseau croît le gazon,
Dans l'herbe naît la violette,
. Le manteau des prés se paillette
De boutons d'or en floraison,

Et le merle qu'avril réveille,
Portant le chapeau sur l'oreille,
En fredonnant, comme un garçon

Qui n'est pas né pour être sage,
Court les bosquets du voisinage
Pour y faire le polisson !

Avril 1870.

XXII

ILLUSION

Un gouffre, épouvantant la raison qu'il confond,
Aux flancs de la montagne ouvre sa bouche sombre;
L'œil de l'homme jamais n'en a sondé le fond :
Dieu seul sait quel mystère y tressaille dans l'ombre.

La nuit règne sans fin dans le gouffre profond,
Tandis que sur ses bords, que la verdure encombre,
Des feuillages, des fleurs souriantes lui font
Une couronne avec leurs guirlandes sans nombre.

Or, un jour, en ces lieux, une petite fleur
Me montrait sa rosée ainsi qu'un tendre pleur
Qui dans l'abîme obscur tombait de son calice ;

Et je lui dis : « Ta perle, où vas-tu la verser ? »
— « Dans un cœur, reprit-elle. Il m'est doux de penser
« Qu'une goutte d'amour suffit pour qu'il s'emplisse ! »

1869.

XXIII

LE FEU SACRÉ

Il n'a pas d'âge le poëte !
Des saisons oubliant le cours,
Son cœur est chaud comme aux beaux jours
Sous les cheveux blancs de sa tête.

Que font les frimas sur le faîte
Du volcan qui brûle toujours ?
Le cœur révèle ses amours
Par les strophes de feu qu'il jette.

Le poëte malgré le temps
Garde les grâces du printemps,
Et son front, que l'hiver assiége,

Embaume des fleurs de l'esprit
Comme ces sommets où fleurit
La primevère sous la neige.

Mars 1873.

XXIV

A UNE ROBE DE MOUSSELINE

Robe de jeune fille, ô sainte mousseline !
Robe des premiers ans, robe des premiers jeux !
Sur les chastes contours de sa taille divine
Fais flotter vaguement tes longs plis nuageux !

O gaze, gaze blanche ! ô frais tissu neigeux,
Voile, sans la cacher, sa suave poitrine ;
Ce sein pur, que l'amour ne rend pas orageux,
Ne le voile qu'à peine, afin qu'on le devine !

Car la vierge est pareille aux blanches fleurs d'avril
Qui, des vents froids du Nord ignorant le péril,
Aspirent sous le ciel la vie et la lumière ;

Et près d'elle mon cœur, comme un convalescent
Qu'un parfum printanier rajeunit en passant,
Songe encore à l'enfant qu'il aima la première !...

1871.

XXV

AU PRINTEMPS

L'oiseau chantant fait un doux bruit
Dans l'arbre en fleur qu'avril couronne,
Et l'arbre n'a pas moins de fruit
A ses branches quand vient l'automne.

Sans que le poëte abandonne
Le Bien que tout homme poursuit,
Dans sa vie au printemps résonne
Un chœur de strophes jour et nuit.

4

L'aile est une sœur de la feuille :
L'arbre en ses rameaux verts accueille
Le nid près du fruit. — J'aime à voir

Dans la Jeunesse, ô poésie !
S'égayer par la fantaisie
L'œuvre féconde du devoir !

1873.

TABLE

FIN DE LA TABLE

www.ingramcontent.com/pod-product-compliance
Lightning Source LLC
Chambersburg PA
CBHW060812180626
46818CB00002B/801